LE POÈME

DU TRAVAIL

SOUVENIRS D'UN INSTITUTEUR

PAR

F. VASSEUR

PARIS

LIBRAIRIE DU *PETIT JOURNAL*

61, RUE DE LAFAYETTE

1873

PARIS. — IMPRIMERIE ALCAN-LÉVY, 61, RUE DE LAFAYETTE.

LE

POÈME DU TRAVAIL

PARIS. — IMPRIMERIE ALCAN-LÉVY, 61, RUE DE LAFAYETTE.

LE POÈME
DU TRAVAIL

SOUVENIRS D'UN INSTITUTEUR

PAR

F. VASSEUR

PARIS

LIBRAIRIE DU *PETIT JOURNAL*

61, RUE DE LAFAYETTE

—

1873

LE
POÈME DU TRAVAIL

PROLOGUE

Epuis trente ans bientôt j'enseigne la jeunesse.
Depuis le premier jour, pas un jour de faiblesse,
Pas un jour de repos dans ce rude métier.
Mais le voyage est long, étroit est le sentier
Où je devrai marcher plus de dix ans encore,
Avant que du repos j'aperçoive l'aurore.
Irai-je jusque-là ? Mon pas devient moins sûr ;
Sous mes pieds chancelants, le chemin est plus dur.
Ma santé qui faiblit, mon front qui se dénude,
Le trouble qu'en mon cœur jette l'incertitude,

D'un passé trop chargé sont l'indice certain.
N'est-ce point un avis que le terme est prochain ?
Je ne crains point la mort. Quand on a dans sa vie
Quelque trait de courage ou de grande énergie
A dire à ses enfants, à ceux qui vous sont chers,
La mort n'apporte point de regrets bien amers.
Mais, avant de partir pour un plus long voyage,
Je voudrais essayer d'écrire cette page,
Pour vous, jeunes amis, si légers, mais si bons,
Qui du vieux professeur écoutez les leçons.
Puissiez-vous y puiser une sage maxime,
Un utile conseil ! Au désir qui m'anime
Puissiez-vous rendre hommage et dire tous : Merci,
Nous vous reconnaissons, vous deviez être ainsi.

INVOCATION

ENEZ, venez en foule, ô souvenirs d'enfance.
Souvenirs de bonheur, souvenirs d'espérance ,
Souvenirs de gaîté, de tristesse ou d'effroi,
Vous êtes aujourd'hui tous égaux devant moi.
Bientôt un demi-siècle a passé sur ma tête,
Et je vous aime encor comme le jour de fête
Qui des beaux fiancés consacre les amours.
Le temps, ce grand artiste, adoucit vos contours.

Ainsi l'air azuré tamise sur la plaine,
Sur les coteaux, les monts, sur la forêt lointaine,
Une teinte bleuâtre, aux tons harmonieux,
Qui fond tous les détails et repose les yeux.

CHANT I

CHANT I

L'ENFANCE

LE HAMEAU

Dans un coin de la France, à deux pas des Ardennes,
Voisin de la Belgique et des immenses plaines
De la Flandre française, est un pauvre hameau,
Où la main du grand Maître a placé mon berceau.
Sur les bords d'un chemin construit de pierres blanches,
Vingt maisons tout au plus, qu'abritent de leurs branches,
Contre le vent du Nord, le rustique prunier,
Le sureau, la charmille et surtout le pommier.

Ces chétives maisons, où le chaume domine,
Quand on les voit de près, font une triste mine,
Avec leurs toits' moussus, dégradés par les ans.
Et cependant, de loin, au retour du printemps,
Des vergers protecteurs bien belle est la ceinture,
Quand le rose et le blanc émaillent leur verdure.

Les alentours encor sont plus doux aux regards :
Des sillons, des osiers, quelques bosquets épars,
Des prés verts où l'on voit jaillir une fontaine,
Des vallons, des coteaux qui découpent la plaine,
Le tout bien encadré d'une belle forêt,
Qu'on aime à parcourir et qu'on quitte à regret.

MA MÈRE

DES maisons du hameau, la mienne est la dernière.
C'est là, sous l'humble toit, que s'ouvrit ma paupière ;
C'est là que, tout petit, j'ai pleuré tant de fois,
Que les échos plaintifs ont répété ma voix ;
C'est là que j'ai connu le malheur, la souffrance,
Qui se sont abattus sur ma chétive enfance,
Sur un faible moineau comme l'autour s'abat.

Ma mère, pour tout bien, n'avait que son grabat,
Où par la maladie et la douleur clouée,
Pendant près de vingt ans, sa voix s'est fatiguée

A plaindre ses amours, à gémir sur son sort,
A pleurer sur son fils, à demander la mort.
Oh ! vous ne savez pas, vous, heureux de la terre,
Combien cruellement souffre une bonne mère
Qui ne doit plus jamais se servir de sa main
Pour caresser son fils et lui donner du pain ;
Qui ne peut plus vaquer aux doux soins du ménage;
Qui n'a que la douleur, la misère en partage ;
Qui se lamentera demain comme aujourd'hui,
Et qui ne peut compter sur le secours d'autrui !
Car sa famille est pauvre, et d'ailleurs, en ce monde,
Sans salaire une main rarement vous seconde.
Et pendant un long jour, son courageux époux
Peut gagner tout au plus quelques malheureux sous!

Avec cela, comment payer une servante ?
Comment pour la vieillesse amasser une rente ?
Comment surtout instruire, élever son enfant ?
Pourtant il est précoce, il est intelligent ;

Mais il est si petit, si débile, si pâle,

Qu'il ne pourra jamais supporter ni le hâle,

Ni la chaleur du jour, ni les travaux des champs.

J'ai compris votre angoisse, ô bien-aimés parents !

MON PÈRE

Des ouvriers, mon père était le vrai modèle.
Et si pour lui le sort eût été moins rebelle,
Si ma mère avait pu lui prêter son concours,
Il eût connu l'aisance, au moins sur ses vieux jours
Il eût de son verger reculé la clôture,
Et doublé sa valeur en doublant la culture ;
Il eût lorgné de l'œil, acquis quelque bon coin,
Qui l'eût mis pour toujours au-dessus du besoin.

Il le méritait bien : c'était la bonté même ;
Il était de ces gens que tout de suite on aime ;

Il était juste, droit, gai, malgré son malheur,
Avait pour sa malade une rare douceur.
Il l'aimait tendrement ; il l'appelait sa fille ;
Il n'avait de bonheur qu'auprès de sa famille,
Lui donnait chaque jour jusqu'aux moindres loisirs.
A cette source pure il puisait ses plaisirs.

Satisfaire aux désirs de sa chère percluse
Était sa règle à lui. Aussi pas une excuse,
Pas un pli sur son front, pas un geste d'humeur,
Quand elle avait recours au brave et digne cœur !

Elle aimait la veillée où chaque soir rassemble
Les causeurs campagnards autour du feu de tremble
Et lui, sans y manquer, l'y portait chaque soir.

Qui mieux que lui jamais a compris le devoir?

Il est dimanche ; au loin on entend une cloche.
Ma mère lui fait signe, aussitôt il s'approche.
« Mon village, dit-elle, est en fête aujourd'hui ;
« Ce souvenir m'est doux, mais le bonheur a fui.
« Je ne puis plus aller avec mes sœurs, mon frère,
« Partager le repas de notre vieille mère.
« Ma place serait vide, on aurait le cœur gros :
« Allez me remplacer, il est jour de repos. » —
Mais lui : « N'avez-vous plus l'appui de mon épaule?
« Ne suis-je donc plus fort et souple comme un saule?
« Que vous ai-je donc fait? Ce discours est cruel.
« Sans vous qu'irais-je faire au repas maternel ?
« Mais j'attendais ce jour avec impatience
« Pour vous faire revoir les lieux de votre enfance.
« Qu'ai-je donc négligé pour adoucir vos pleurs ?
« Sur vos jours malheureux pour jeter quelques fleurs?
« Allons ! mettez encor votre beau mouchoir rouge ;
« Et puis partons ensemble, ou d'ici je ne bouge. »
Après ce doux reproche, il la prend sur son dos,
L'emporte, et sur sa route il cueille des bravos.

MA PREMIÈRE ENFANCE

Dᴇ ces temps ma mémoire a gardé quelque chose.
Je n'étais point, je sais, un enfant frais et rose,
Un de ces anges blonds qu'on aime tant à voir,
Et qui de leurs parents font l'orgueil et l'espoir.
De ma mère j'avais la teinte maladive,
Les nerfs surexcités, l'apparence chétive,
Les membres délicats, la défaillante voix :
A l'âge de six ans, j'en avais pleuré trois.

Pourtant j'avais l'œil vif, et, malgré ma tristesse,
Je rendais volontiers les marques de tendresse ;

Enfant, j'entretenais la conversation ;
J'avais du beau, du bien, acquis la notion.

Mais je ne comblais pas les vœux de ma famille.
Pourquoi donc, ô mon Dièu, n'étais-je point né fille?
De ma mère j'aurais bien mieux fait les travaux,
Bien mieux séché les pleurs et consolé les maux.
Au regard de sa mère une fille est si douce !
Puis plus facilement son jeune cœur repousse
Les attraits du dehors : elle aime le foyer,
Que, par son babillage, elle sait égayer,
Et se met sans effort au tracas du ménage.
Ma mère avait au ciel demandé ce doux gage
D'un moins triste avenir. Le ciel avait dit non.
Le ciel était bien dur en me créant garçon.

A me former pourtant, me retenant près d'elle,
Elle mit son savoir, son amour et son zèle.

De cet amour pour moi riche était le trésor.

Pendant mes premiers ans elle marchait encor.

Elle allait lentement, inquiète, alarmée,

En voyant son mal croître et sa main déformée;

Mais elle allait pourtant, et tenait sa maison,

Faisant pour être aidée appel à ma raison,

Dans la tâche pour elle, hélas! trop malaisée.

Oh! je la vois encore haletante, épuisée,

Quand ses nerfs lui donnant un moment de répit,

A l'aide de ses dents elle faisait son lit!

Et moi, j'obéissais, je l'aidais, j'étais sage;

Je faisais ce qu'on peut attendre de cet âge;

Je faisais tout petit la besogne au foyer;

Près d'elle je restais pour la désennuyer.

Mais bientôt la douleur devenait plus cruelle;

Elle ne put toujours me garder avec elle;

Et, quoique menacé du père et du bâton,

Parfois je m'échappais, moins docile et moins bon,

2

Sans pitié pour ses maux, ses larmes, sa souffrance.
Mère, pardonne-moi, pardonne à mon enfance !
L'ennui me gagne enfin. Il fait si bon courir,
Voir pousser la groseille et le pommier fleurir !
Il fait si bon marcher pieds nus dans la poussière,
Chercher dans les enclos le nid de la verdière !
Ils sont si doux le nid caché dans le buisson,
Le chant de la fauvette et le cri du pinson,
Quand, en avril, blotti sur la branche moussue,
Au nœud qui doit cacher ses enfants à la vue,
Il presse, sur des tons plaintifs et caressants,
Sa compagne indocile à ses tendres accents !

L'AMITIÉ

Des amis de l'enfance il faut qu'on se souvienne.

Toi, dont la bonne mère était sœur de la mienne,
Et dont le père était le frère aîné du mien ;
Toi, plus que moi robuste et toujours mon soutien ;
Toi, dont j'ai conservé la douce souvenance,
Te souvient-il aussi des jeux de notre enfance ?

Nos enclos sont voisins, et voisins sont nos toits ;

Puis nous sommes unis par des liens étroits :
Deux fois cousins germains nous sommes presque frères.
Pourtant, nous n'avons pas les mêmes caractères :
Moi, plus léger, plus vif, plus vite courroucé ;
Toi, pardonnant moins tôt à ceux qui t'ont blessé.
Au total, bons tous deux, le cœur droit, l'esprit juste,
Et capables surtout d'une amitié robuste
Qui nous montrait le joint pour nous accommoder
Dans les jeux de notre âge, et pour nous entr'aider.
Nous entr'aider ! pour nous c'était la loi suprême :
L'un dans l'autre voyait la moitié de soi-même ;
Et liés par les goûts, liés par les désirs,
Nous mettions en commun nos biens et nos plaisirs.
Nous mettions en commun tes ravissantes poires,
Mes perdrigons fondants et mes groseilles noires,
Mes nèfles pour l'hiver, tes cerises de mai,
De ma ruche le miel, de ta vache le lait.

Oui, l'on voit rarement amitié si parfaite ;

Car si l'un, par hasard, trouvait une noisette,
A son frère il portait la moitié du noyau.

Ils sont simples les jeux des enfants du hameau.

LES JEUX

Jouer! c'était pour nous s'essayer à la vie,
Avoir sa liberté, courir dans la prairie,
Respirer le grand air, dont j'avais tant besoin,
Ou dormir au soleil couché dans quelque coin.
C'était, pour un bouquet, cueillir la cardamine,
La primevère d'or et la fraîche églantine;
De l'herbe renaissante aspirer les senteurs,
Les brises du printemps et les parfums des fleurs;
Des beaux cerisiers blancs contempler les ombelles.
C'était du hanneton arracher les deux ailes

Pour en faire un moulin, poursuivre le grillon,
La demoiselle bleue et le blanc papillon.

C'était aller s'asseoir au bord de la fontaine
Qu'une fée autrefois fit jaillir d'un vieux chêne,
Au bord du chemin vert par nos aïeux planté.
Le chêne a disparu, mais le pied est resté,
Formant comme une tonne autour de l'onde claire,
Qui tombe en murmurant, et glisse avec mystère
Dans le cresson fleuri, sur un lit de gravier.
La naïade a pour nom la *Fontaine au Cuvier.*

C'était oublier l'heure à se mirer dans l'onde,
Ou bien, pour terminer sa course vagabonde,
Tout couvert de sueur y plonger les deux mains.

Jouer ! c'était parfois poursuivre les essaims

Pour les voir se fixer à la branche pendante.
C'était voir recueillir la grappe bourdonnante,
Entrer dans sa maison, au rucher retourner,
S'éparpiller bientôt pour aller butiner.

Jouer! c'était encore admirer le plumage
De nos charmants oiseaux, écouter le ramage
Du léger roitelet, avec son air vainqueur,
Du merle effarouché, du sansonnet moqueur,
Du fin chardonneret, de la mésange bleue,
De sa sœur plus petite avec sa longue queue,
Du verdier, du linot, du mobile bouvreuil,
Au corsage sanglant, à la mante de deuil.

Jouer! c'était laisser nos mères inquiètes ;
Epier des oiseaux les allures discrètes,
Déjouer leurs calculs et découvrir leurs nids;
Compter le nombre d'œufs, voir grandir les petits.
Le nid! c'est le trésor, le but des promenades

Qu'on fait sans avertir les autres camarades.

On y va chaque jour constater les progrès.

Après le crépuscule on n'en parle jamais :

La mère sans cela pourrait bien se *dédire* (1).

Or l'enfant n'a qu'un but pour lequel il soupire :

Posséder et nourrir les charmants oisillons.

Il retient son haleine et ses émotions

Jusqu'au moment venu de faire la capture.

Il est temps : le plumage a changé de nature,

Le duvet blanc s'en va, l'œil est déjà plus vif,

Puis au vol des parents il devient attentif.

Le jeune oiseau déjà voudrait suivre sa mère.

Hélas ! pauvre petit ! c'est en vain qu'il espère

Bientôt sillonner l'air, prendre la clef des champs.

Déjà sont près de lui les deux petits méchants

S'apprêtant à saisir l'innocente famille.

La cage les attend qu'on a faite gentille.

1. C'est-à-dire abandonner son nid. C'est un préjugé encore enraciné dans certaines campagnes.

Les parents ont compris, accourent au danger ;
A utour des deux larrons ils viennent voltiger,
Tâchent de les fléchir par leurs tendres alarmes.
Mais la jeune couvée a pour eux trop de charmes.
Déjà les deux bambins emportent les petits,
Et laissent aux buissons un peu de leurs habits.

Et l'enclos retentit de lamentables plaintes !

Mais bientôt les petits reviennent de leurs craintes.
On les aime, on les soigne, on calme leur besoin ;
On amasse pour eux le coton et le foin.
On aspire en un mot à remplacer la mère.

Hélas! on se berçait d'une douce chimère !
Pour ces hôtes chéris les soins sont superflus :
En s'éveillant, un jour, on ne les entend plus.

Alors on se tourmente, on soupire, on sanglote.
Ce deuil venge celui de la pauvre linotte.

Ainsi sont les enfants, sensibles et cruels !
Combien j'ai fait couler de ces pleurs maternels !
Des enfants du hameau j'étais le plus habile
A battre les buissons; j'étais le plus agile
A grimper sur le saule ou le grand peuplier ;
J'étais en un clin d'œil sur le haut d'un pommier,
Ou sur le bouleau blanc où nichent les agaces ;
Sur le chêne aux longs bras où les oiseaux rapaces
Établissent leur aire au-dessus des forêts.
J'éjais le plus habile à voir dans les guérets
Le nid de la perdrix, celui de l'alouette,
Ou, près de l'eau, celui de la bergeronnette.
A la ferme voisine ou dans le vieux château,
Je savais mieux saisir les petits du moineau.
Souvent je revenais avec ma blouse pleine.
Mais pour les élever je perdais soins et peine;

J'étais le moins heureux avec mes nourrissons,
Et jamais je n'ai pu jouir de leurs chansons.

Jouer ! c'était encore, en allant à l'école,
Doubler le long chemin par une course folle.
Ensemble on se rendait au village prochain.
Pour revenir bien tard, on partait bien matin.
Il fallait voir la troupe étourdie et joyeuse
Folâtrer en hiver dans la neige soyeuse,
Que la bise amassait dans le fossé profond ;
Avec mille dessins y faire son *patron* (1) ;
Y perdre quelquefois le pain de la journée,
Le rustique gâteau de la fraîche fournée,
Qu'on emporte avec soi dans son petit panier ;
Car sobre en ses repas est le pauvre écolier.
Et l'on se cotisait pour réparer la perte.
On trouvait en entrant l'école encor déserte.
On déposait alors son rondin dans un coin ;
On allumait le feu dont on avait besoin ;

1. C'est-à-dire se coucher la face dans la neige, pour y laisser son empreinte.

Et puis on commençait les simples exercices
Qui parfois du talent révèlent les prémices.
Pour contenter le maître on faisait des efforts.
D'un voisin ennuyeux on supportait les torts.
Et, quand midi sonnait, comme une fourmilière,
Le peuple de marmots retrouvait la lumière,
L'air et la liberté dans les vastes enclos.
Ce peuple est ennemi du calme et du repos.
Le jeu recommençait : c'était celui des barres.
Les rapides coureurs, aux champs ne sont point rares.
On se les partageait dans les camps opposés.
Si je n'en étais pas, j'étais des plus rusés
Pour aller délivrer la chaîne prisonnière,
Aux applaudissements de la cohorte entière.

Le jeu fini, chacun retournait au bercail,
Sous l'œil du maître aimé reprendre son travail.
Plus au jeu l'on était ardent, léger, volage,
Plus, une fois en classe, on était souple et sage.

Le soir, en revenant, chacun hâte le pas,
Et, sans savoir pourquoi, chacun parle plus bas.
On a frémi soudain au cri de la hulotte,
Et comme une couvée on se presse en pelote
Vers le hameau perdu dans les ombres du soir,
Qu'aux reflets de la neige on peut à peine voir.

Les frimas ne sont plus. Le lit d'une ravine
Se voit de loin en loin aux flancs de la colline;
On dirait que l'hiver, vaincu mais courroucé,
Voulut marquer la place où son pied a passé.
En battant les sillons, une pluie abondante
A transformé le sol en couche reluisante,
Élastique, où le pas est plus doux et plus sûr.
Et du merle on entend au loin le sifflet pur.

Les vents de l'équinoxe accourent de la plaine,
Font gémir les vergers de leur bruyante haleine.

Mais, si des vents du Sud ils n'ont point la chaleur,
Des vents glacés du Nord ils n'ont point la rigueur.
De l'hiver au printemps ils marquent le passage.
Comme le souvenir, comme l'heureux présage,
Ils sont puissants et doux, ces fils de l'Occident.
L'hiver est déjà loin, dans leur souffle on le sent.

Quand je les entendais, le matin du dimanche,
De leurs coups redoublés faire crier la branche,
Dans la plaine j'allais pour jouer avec eux.
A vaincre leurs efforts combien j'étais heureux !
Souvent je leur livrais ma tête échevelée,
Ma poitrine entr'ouverte et ma blouse gonflée,
Et je m'abandonnais à leur impulsion,
Pour courir en touchant à peine le sillon.

Un jour, il m'en souvient, je portais sur l'épaule
Mon panier plein au bout de mon bâton de saule.

Je faisais du matin le voyage usité.
Mais le panier n'était fermé que d'un côté.
Le vent put le saisir, le lancer dans l'espace,
Me laissant stupéfait, immobile, à ma place.
Mon canif fut perdu, mon livre fut souillé,
Mon crayon et mon pain, tout fut éparpillé.
On voyait voltiger l'exemple d'écriture,
Qu'on retrouva plus tard au fond d'une pâture.
Le panier, emporté par la force du vent,
Comme un lièvre s'enfuit, traverse le torrent.
Il a franchi déjà moitié de la colline;
On le croirait parti pour la ville voisine.
Il termine pourtant ce voyage nouveau :
On le trouve le soir noyé dans un ruisseau.

Il fait beau, l'air est vif, c'est aujourd'hui dimanche.
Chacun prend son maillet, son maillet au long manche
Qu'on appelle une *crosse* en langage picard.
Au rendez-vous fixé pas un n'est en retard.

Le plus fort des joueurs choisit une éminence
Pour y poser la bille ; il la frappe et la lance
De son maillet adroit vers un bout du verger.
Ses partners vers ce but doivent la diriger.
Chaque membre aussitôt de la partie adverse
Tâche de l'entraîner suivant la route inverse,
Et de la faire atteindre à son point de départ.
D'agilité chacun développe sa part.
On frappe à coups pressés sur la bille volage,
Qui touche à peine au sol. Une sorte de rage
S'empare des lutteurs. Sous un dernier effort,
La bille arrive enfin à l'un ou l'autre bord.

Aussitôt les vaincus demandent leur revanche,
Et l'exercice prend le reste du dimanche

Ainsi le jeu de crosse occupait les hivers
A la belle saison, quand les vergers sont verts,

Pour ressource on avait l'élégant jeu de boule
On faisait admirer son adresse à la foule,
Qui formait galerie. On était bien joyeux
Lorsque l'on *dépointait* un adversaire heureux,
Ou quand on faisait taire un joueur trop loquace,
En ajustant sa boule et restant à la place.
Mais on est plus adroit sur un sol un peu mou,
Quand la boule en tombant se colle dans son trou ;
Car on peut éviter les profondes ornières,
Les cahots du chemin, le gravier et les pierres.
L'adresse est presque tout, presque rien le hasard.
Le jeu s'élève alors à la hauteur d'un art.

Ainsi je grandissais sous l'œil de la nature,
Au grand air, au soleil, entouré de verdure,
Sous l'œil du Dieu qui donne aux plaines les moissons,
Le plumage aux oiseaux et la rose aux buissons.

CHANT II

CHANT II

LE TRAVAIL DES CHAMPS

LES OSIERS

'EST fort bien de jouer, me dit un jour mon père.

« Peut-être il serait mieux d'être auprès de sa mère

« Mais ton enfance avait surtout besoin de jeu,

« Et tu ne pouvais pas garder le coin du feu.

« Il faudrait bien pourtant faire un jour quelque chose.

« D'un père c'est l'espoir, et son cœur s'y repose.

« Tu sais déjà, dit-on, lire, écrire et compter.

« Pourquoi dans le chemin me faut-il t'arrêter ?

« Pour moi, j'ai le malheur de ne point savoir lire.

« Mon père eut dix enfants qu'il ne put faire instruire.

« De mémoire j'appris à peine dix chansons.

« Je ne sais rien de plus, que faucher les moissons,

« Battre le blé dans l'aire et compter les épactes.

« Encor ne sais-je pas les règles bien exactes.

« Si je pouvais du moins épargner quelque argent!

« Va, je ferais meubler ton front intelligent.

« Car de l'instruction je comprends l'importance :

« Elle élève le cœur et donne au moins l'aisance.

« Et puis, j'eusse été fier d'avoir un fils savant.

« Mais sur ma tête plane un ange malfaisant.

« Je n'ai rien que mes bras, qui ne peuvent suffire

« Aux besoins trop nombreux de ma pauvre martyre.

« Et pour payer la main qui rafraîchit son front,

« D'engager mon enclos j'ai dû subir l'affront.

« Travaille donc des bras, mon fils, comme ton père.

« Ne pouvant t'élever, courbe-toi vers la terre. »

Et moi, je m'en allais, avec les ouvriers

De mon pauvre hameau, travailler aux osiers
Qu'un maître bienfaisant cultive, en la vallée
Formant une ceinture à sa ferme isolée.
Là, pendant tout le jour, une serpe à la main,
A couper l'arbrisseau j'allais gagner mon pain ;
Ou, pour de nouveaux plants, j'allais bêcher la terre,
De dix sous chaque jour recevoir le salaire.

Tous ces travaux se font avant le mois d'avril,
Quand l'atmosphère encore est pleine de grésil.
Mais sans doute pour moi la tâche était trop rude ;
Car je n'ai pu jamais en prendre l'habitude.
Je rentrais chaque soir harassé sous mon toit,
Courbé par la fatigue et transi par le froid.

C'est dans le mois des fleurs que se fait le pelage
De l'osier embourbé dans le vallon sauvage,
Où l'on voit arriver, à la pointe du jour,

Les ouvriers nombreux des hameaux d'alentour.
Et comme pour un sou l'on doit peler deux bottes,
A la *bourbière* il faut compter, prendre des notes,
Pour pouvoir établir le compte du peleur.

Le maître me choisit pour être le compteur.

De ce premier emploi de mon intelligence,
Combien j'étais heureux! Avec reconnaissance
Comme je le reçus du maître qui m'aimait !
Aussi j'étais exact, et chacun m'estimait !

Quand les osiers pelés sont rassis dans la grange,
En de plus gros faisceaux l'ouvrier les arrange.
Depuis longtemps déjà mon père bottelait.
Sa main rapide et sûre en cet art excellait.
Moi, j'apprenais sous lui ; mais pendant la sieste ,

Je m'en allais jouir du paysage agreste,
Voir dormir les brebis à l ombre des buissons,
Et jeter aux échos mes rustiques chansons.
J'allais interroger chaque arbre, chaque haie,
Parcourir les sillons, fouiller chaque oseraie,
Les bois, les prés fleuris et les bords du ruisseau,
Afin de découvrir le nid du passereau.

LA GRANGE

En hiver, la besogne était beaucoup plus dure.
Il fallait triompher d'abord de la froidure,
Puis du sommeil de plomb qui toujours m'accablait.
Au premier chant du coq mon père m'appelait :
On devait arriver à la grange à l'aurore.
Tout le long du chemin je sommeillais encore.
Je le suivais sans voir les lueurs du matin ;
Chancelant je marchais, mon bâton à la main,
Et tombais sur la gerbe en arrivant dans l'aire.
« Va, dors encore un peu, disait alors mon père,

« Toi fait pour un travail moins pénible et moins bas.

« Je vais, en attendant, monter sur le gros tas,

« Et jeter des épis pour la journée entière.

« Peut-être après, enfant, s'ouvrira ta paupière.

« Alors nous frapperons, nous frapperons d'accord,

« Et, pour te ménager, je frapperai plus fort. »

Et nos fléaux amis retombaient en cadence.
Les premiers, du matin ils troublaient le silence.

LA FORET

O TOI, belle forêt, si douce au souvenir,
Toi, que dans tous les sens j'aimais à parcourir,
Toi, qui m'as tant de fois prêté ton frais ombrage,
Où j'allais recueillir la cerise sauvage,
Le fruit du coudrier, la faîne et le bois mort,
Par quel charme, ô dis-moi, par quel heureux accord
Savais-tu de mon cœur calmer l'inquiétude,
Et de mon corps brisé chasser la lassitude?

Oh! oui, j'étais heureux au fond de ma forêt.
Dans ce monde nouveau, dans ce monde complet,

On voit se coudoyer les arbres de tout âge,
En ondoyants massifs confondant leur feuillage.
Depuis l'orme naissant sur le bord du ruisseau,
Jusqu'au chêne superbe où niche le corbeau,
Tous ont leurs passions, leurs amours, leurs tendances,
Et de l'amitié même ils ont les préférences.
Chacun a son aspect, son port, son mouvement,
Sous l'aile de la brise ou sous l'effort du vent.
Chacun parle avec eux un différent langage;
Et ces bruits confondus font penser à la plage
Où se brisent les flots de la mer en courroux;
Ou vous bercent d'un son mélancolique et doux,
Qui vient parler au cœur, porte à la rêverie,
Et vous fait oublier les soucis de la vie.

Heureux qui dans les bois peut rêver au printemps!

Mais les forêts ont plus que les gazouillements

De leurs taillis épais, des chênes séculaires
Sur le peuple étendant leurs branches tutélaires.
La mienne avait encor des vallons, des coteaux,
Des fontaines, des fleurs et des milliers d'oiseaux.
Elle avait pour tapis la pervenche et le lierre,
Où se mêlaient la mousse et parfois la bruyère,
Que j'aimais à cueillir pour m'en former un lit,
Au moment du repos, quand arrivait midi.
Je choisissais toujours une grande clairière
Où venait pénétrer une douce lumière,
Où la stellaire blanche et l'odorant muguet
Mariaient leur corolle en un charmant bouquet.
J'établissais mon lit à l'ombre d'un vieux hêtre,
Que jamais de ses feux le soleil ne pénètre.
Et là, je m'endormais, aux murmures des bois,
D'un sommeil inconnu sur la couche des rois.

Ou bien j'allais rêver auprès de la fontaine,
De deux charmes jumeaux jaillissant avec peine.

L'eau, sous leur pied noueux, goutte à goutte filtrait,

Sur un lit de cailloux doucement soupirait ;

Et du ruisseau la rive à peine était mouillée

Par le filet d'argent glissant sous la feuillée.

D'une femme on eût dit les soupirs et les pleurs,

Quand elle meurt à l'âge où la vie est en fleurs.

Oh! combien je l'aimais ma *Fontaine aux deux Charmes!*

A ses larmes parfois je mêlais d'autres larmes,

En pensant à ma mère, à ses malheureux jours,

Dont peut-être bientôt se tarirait le cours,

Quand j'avais vu sa main plus blanche, plus humide,

Sa douleur moins aiguë et son front plus livide.

Mais quel est donc ce bruit, et quelles sont ces voix

Qui troublent près d'ici le silence des bois ?

Avançons. — C'est le bruit d'une coupe nouvelle,

L'ouvrier qui répond à la voix qui l'appelle,

Le charretier qui crie, et frappant ses chevaux,

Fait gémir le vieux hêtre et trembler les bouleaux.

Laissons aux bûcherons goûter sa sérénade.
Des chêne[s] ... ns voir la belle colonnade.
J'aime ces vétérans tranquilles et nombreux.
Comme des sénateurs ils sont majestueux,
Avec leurs troncs blanchis, leur écorce fendue,
Leurs grands bras décharnés et leur tête chenue.
Se projetant au loin sur le vert des taillis,
Ils se redressent fiers au-dessus du fouillis
Des arbres abattus dont la terre est jonchée :
Pauvre plèbe trop tôt par la hache tranchée.
Hélas! bientôt plusieurs auront le même sort.
Les plus beaux sont frappés du marteau de la mort.
A la coupe prochaine on cherchera la place
Où ces rois des forêts s'élevaient dans l'espace.

Je ne vous verrai plus, adieu mes vieux amis,
Vous qui portiez pour moi le bois mort et les nids.
Je n'irai plus grimper à vos robustes hanches.
Monter à votre cime ou courir sur vos branches,

Dénicher le corbeau, l'écureuil, le ramier,
Le sansonnet, le pic, la buse ou l'épervier.

De l'aire de la buse il faut faire le siége,
Des petits, des parents déjouer le manége.
Tandis que les premiers, se jetant sur le dos,
Vous saisissent les doigts à vous briser les os,
De la serre et du bec la mère vous menace,
Pour vous crever les yeux s'élance à votre face.
Et c'est, pour un enfant, un glorieux exploit
D'emporter, sain et sauf, les petits sous son toit.

Je n'irai plus couper la branche desséchée,
De ma petite serpe à ma main attachée,
De mille coups pressés réveiller les échos,
Puis, la branche abattue, en faire deux fagots,
Ou, quand je ne pouvais la soulever de terre,
Retourner au hameau pour appeler mon père.

Ce combat, ce travail, ces nids aériens,
M'unissent à mes bois par les plus doux liens.

Quand un enfant, monté sur le doyen des chênes,
Découvre la forêt avec ses vastes plaines ;
Qu'il contemple à ses pieds le plus frais des tableaux;
Qu'il voit se dessiner les vallons, les coteaux,
Par le front des taillis au feuillage mobile,
Changeant comme la vague à la brise docile;
Quand il sent les parfums, douce émanation,
Monter comme l'encens de la création;
Quand, sous son œil ravi, les beautés se déroulent,
Et quand autour de lui mille ramiers roucoulent,
Alors, se sentant pris d'un immense bonheur,
Amour et souvenir s'emparent de son cœur.

LA MOISSON

Pour la première fois j'ai quitté ma chaumière,
Où ma mère sans bruit a fermé sa paupière.
A peine eut-on couché son corps dans le cercueil,
A peine eus-je quitté mes vêtements de deuil,
Qu'il m'a fallu venir sur la terre lointaine,
Pour couper les moissons dans ce riche domaine.
Mais, quand j'ai parcouru les champs à dépouiller,
J'ai senti mon cœur battre et mon œil se mouiller.
Quoi! ces seigles, ces blés, ces grandes fèveroles,
Ce trèfle où les pavots étalent leurs corolles,

Tout cela par mes mains doit-il être abattu ?
O mon père, pourquoi ne me retenais-tu ?
Pourquoi l'avoir laissé partir si faible encore,
Ton enfant qui se meurt sous un ciel qui dévore ?
Sous un soleil de feu, sur un sol desséché,
Il est, comme un esclave, à la glèbe attaché,
Perdu, comme un atome, au milieu de la plaine.
Et pour se rafraîchir, pas même une fontaine,
Pas un arbre, un buisson pour se mettre à l'abri.
Tous les jours je te pleure, ô mon hameau chéri !
J'ai beau-chaque matin m'imposer une tâche ;
J'ai beau trancher les blés de ma faux sans relâche,
Le découragement vient me casser les bras,
Lorsque je m'aperçois que je n'avance pas.
Semblable au voyageur ignorant qui s'irrite,
Quand il voit l'horizon reculer sa limite,
A mesure qu'il marche, et demande pourquoi,
Ainsi le bout du champ paraît fuir devant moi.
Puis quand il est tombé son voisin lui succède,
Sans que je puisse avoir de personne un peu d'aide.

A la ferme je n'ai, quand je rentre le soir,
Pour me réconforter qu'un morceau de pain noir.
Et pour comble, en entrant dans la chétive salle
Où sur un dur pavé mon pauvre lit s'étale,
Je suis asphyxié par une forte odeur
De tourbe et de moisi qui soulève le cœur.

Avant de m'endormir sur ma couche poudreuse,
Je me prends à penser que ma mère est heureuse,
Elle qui dort en paix dans le funèbre enclos,
Après avoir vingt ans appelé le repos.
Je pense à mon foyer, aux lieux de mon enfance;
Car j'ai le souvenir à défaut d'espérance.
L'avenir n'est plus rien, en lui je n'ai plus foi.
Le sort n'a-t-il pas dit son dernier mot sur moi ?
L'arrêt n'est-il pas clair ? Ma jeunesse flétrie,
Mes habits en haillons, ma faible main meurtrie,
Mon front humilié, tout mon espoir détruit,
Au rang des parias ne suis-je point réduit ?

On ne peut point sans doute être juge en sa cause;
Pourtant je me croyais capable d'autre chose.
Je n'avais pas dix ans, et j'étais bien petit,
Et mon instituteur déjà m'avait prédit,
En voyant mes progrès, mon ardeur pour l'étude,
Qu'un jour pour enseigner j'aurais de l'aptitude.
Et j'ai prouvé depuis qu'il ne se trompait pas.
Dans la carrière enfin j'ai déjà fait un pas :
L'hiver, de deux hameaux j'ai dirigé l'école.
On avait confiance en ma jeune parole ;
Mon zèle, mon amour, bien plus que mon savoir,
Retenaient les enfants au sentier du devoir.

Si je pouvais entrer à l'École Normale !

A former un jeune homme on la dit sans rivale.
Pour maîtres, ses enfants sont partout préférés;
De respect, au village, on les voit entourés.

Le mien en possède un qui brille par le zèle,
Dont l'amour pour le bien chaque jour se révèle,
Et qui m'a, depuis peu, pris en affection.
Au moment du départ, pleine d'émotion,
Sa voix me répétait : « Mon ami, c'est dommage !
« Je reconnais en vous facilités, courage ;
« Une année avec moi vous conduirait au port,
« Et j'aurais le bonheur d'adoucir votre sort.
« Votre père a pour vous un amour qui l'honore;
« Il vous donnera bien, pour une année encore,
« Sans vous rien demander, le pain de chaque jour;
« Puis, plus tard, vous pourrez le payer de retour.
« Je me charge du reste, et pour la bourse entière
« Votre place sera, dans un an, la première. »

J'entends encor sa voix aux sons harmonieux,
Et, malgré son amour, je me vois en ces lieux.
Je suis là, de fatigue épuisé sur ma couche,
Sans espérance au cœur, sans sourire à la bouche,

Toujours au lendemain pensant avec effroi,
Ou rêvant des blés mûrs qui sont plus hauts que moi.

Non, je n'ai pour faucher ni force ni souplesse.
Ce travail qui m'excède abrutit ma jeunesse ;
Et, dût-on m'accuser de folle ambition,
Je suivrai d'un ami la sage impulsion !

CHANT III

CHANT III

L'ÉTUDE

LA PRÉPARATION

ORSQUE le matelot, battu par la tempête,
Voit poindre une éclaircie au-dessus de sa tête ;
Quand les vents et les flots apaisent leur fureur,
Et qu'un rayon d'espoir vient luire dans son cœur,
S'il aperçoit a u loin le sol de la patrie,
S'il aperçoit u n port sous la côte bénie,
Si ce port est le sien, l'objet de tous ses vœux,
S'il reconnaît ses toits, ses falaises, ses feux,

Alors, sentant doubler sa joie et son courage,
Il dirige aussitôt son compas vers la plage
Dont il s'est approché, soudain, sans le savoir,
Quand il désespérait de jamais la revoir ;
Et, de peur que l'orage au loin ne le rejette,
Immobile, muet, debout sur la dunette,
Un œil sur son navire et l'autre sur le port,
Vers la terre chérie il vogue avec transport.

Ainsi, depuis dix mois, vers la modeste école,
J'ai, comme le marin, dirigé ma boussole.
J'ai quitté mes grands bois, mes gazons, mes osiers ;
Je n'ai point entendu les concerts printaniers ;
Au buisson j'ai laissé le nid de la fauvette ,
Au moineau ses enfants, au pré la pâquerette ;
Je n'ai point respiré les parfums des vergers ;
Je n'ai point poursuivi les papillons légers ;
Mon pied n'a point foulé les sentiers des collines ;
Je n'ai point du château visité les ruines,

Et ma voix n'en a point réveillé les échos.

Pourtant, je n'ai pas pris une heure de repos.
Depuis dix mois, courbé sur ma table et mon livre,
Des plaisirs de l'étude à longs traits je m'enivre.
De peur qu'un coup de vent ne me rejette au loin,
Nuit et jour je travaille immobile en mon coin.

Le maître qui m'instruit sera-t-il bon prophète?
Quel visage ferai-je au concours qui s'apprête?
Comment pourrai-je, enfin, moi l'humble fils des champs,
Conquérir le succès, après si peu de temps?
On dit que mon bagage est prêt, mais il me semble
Qu'il est par trop léger et qu'à bon droit je tremble.
Si j'allais échouer en arrivant au port !
Au reste, dans trois jours je connaîtrai mon sort.

LES EXAMENS

Depuis le grand matin, vers cette ville antique
Dont on voit de si loin la grande basilique,
Où Louis d'Outre-Mer avait jadis sa tour,
Sous un soleil de plomb, j'ai marché tout le jour.
Au crépuscule, enfin, j'ai gravi la montagne
D'où mon œil étonné contemple la campagne
Qui se déroule au nord en un vaste tableau,
Sur qui bientôt la nuit étendra son manteau.
Sur le plateau, la ville, assise comme une aire,
Semble trop près du ciel et trop loin de la terre.

Qui donc a pu hisser une ville en ces lieux ?
L'architecte a-t-il eu des titans pour aïeux ?

Avançons ! mais je vois qu'on a manqué d'espace.
L'habitant resserré trouve à peine sa place.
Tortueuse est la rue, étroit le carrefour,
Et le plateau présente un sinueux contour.
Vers le midi, ses flancs se recourbent en cuve,
Que le soleil de juin transforme en une étuve
Où s'arrondit l'asperge, où la fleur se flétrit,
Où prospère la vigne, où le raisin mûrit.
De ce raisin on fait un vin peu délectable.
C'est lui que l'on présente à la modeste table
Où je m'assieds pensif, au moment du repas,
Avec mon maître aimé qui ne me quitte pas.
Du jour de la bataille une nuit me sépare,
Sortirai-je vainqueur ? Le sort fut bien avare
De ses bienfaits pour moi ; je redoute ses coups.
Par le repos, le calme, au moins préparons-nous.

La lutte est engagée, et, sur toute la ligne,
On ne me trouve point, dit-on, par trop indigne.
La sympathique voix de l'examinateur
Encourage la mienne et double ma valeur.

Tout est fini : les noms, écrits sur une liste,
Que je vois s'achever sous la main du copiste,
Par le jury bientôt vont être publiés.
Les cœurs battent bien fort, bien des yeux sont mouillés;
Le silence est profond, pas un mot, une haleine;
Sur mes genoux tremblants je me soutiens à peine.

Ai-je bien entendu? Quoi ! mon nom le premier ?
Un mot, il est donc vrai, me tire du bourbier!
Dans les bras de mon maître aussitôt je me jette.
Mes vœux sont accomplis, mais ma joie est muette.
Je reste confondu d'un si complet bonheur.
Ne pouvant dire un mot, je pleure sur son cœur.

Sois à jamais béni, jeune homme au front sublime,
Toi, dont le cœur si bon, dont l'âme magnanime,
Abaissant son regard sur le pauvre orphelin,
Le sauva du naufrage en lui tendant la main.
A toi je devrai donc de sortir de l'ornière,
Où je devais croupir durant ma vie entière.
Va, de ton dévouement le ciel te bénira,
Et mon amour, du moins, te récompensera.

Et vous, qui me suivez de vos vœux sympathiques,
Ne me trouvant point fait pour vos travaux rustiques,
Vous qui, cent fois, m'avez rendu moins malheureux,
Oh ! comme à mon retour vous serez tous joyeux !
Comment vous oublier en ce moment suprême ?
Comment vous oublier sans m'oublier moi-même ?
Ne m'avez-vous pas dit, au moment du départ,
Quand mon père inquiet se tenait à l'écart :
« Va, de chaque foyer grande sera la joie,
« Si la fortune veut qu'heureux on te revoie.

« Pars, combats vaillamment, compte sur notre amour :
« Que de toi le hameau puisse être fier un jour, »

Oui, je vole vers vous, vous tous que mon cœur aime;
Car je veux vous porter la nouvelle moi-même ;
Je veux de l'amitié récompenser la foi,
Et je veux voir, surtout, mon père heureux par moi.

LE BONHEUR

COMBIEN par le bonheur la nature embellie
Se révèle plus douce à mon âme attendrie!
L'air a plus de parfums, et le ciel est plus pur;
Mon œil plonge plus loin dans les champs de l'azur.
Le soir, j'aperçois plus d'étoiles qui scintillent,
Sur le bord du chemin de vers luisants qui brillent;
Et quand soudain la lune, au loin, sur la forêt,
Avec son disque d'or à mes yeux apparaît,
Quand je la vois monter, lente, silencieuse,
Je la trouve plus blonde et plus voluptueuse.

Dès que l'aube blanchit un point de l'horizon,
Que les perles d'argent brillent sur le gazon,
Que du clocher lointain le sommet se colore,
Si je vais pour jouir des progrès de l'aurore,
Je trouve bien plus beaux les premiers feux du jour,
Du nuage empourpré plus moelleux le contour.
Sa teinte avec l'azur me semble mieux fondue ;
L'ombre sur le vallon me semble mieux tendue ;
Au lever du soleil mon plaisir est plus grand,
Et, quand je le revois, mon pignon est plus blanc.
De mon heureux foyer plus vive est l'étincelle ;
Des vergers du hameau la verdure est plus belle ;
Les chants aériens sont plus harmonieux,
Et le fil de la Vierge est plus doux à mes yeux.
Je trouve à l'hirondelle une aile plus légère ;
Je trouve à ma forêt plus d'ombre et de mystère ;
Le silence des bois parle mieux à mon cœur.
Rien n'égale, pour voir, le prisme du bonheur.

LES ADIEUX

Du reste des moissons la terre est dépouillée.
Le soleil de septembre a jauni la feuillée,
Qui couronne les bois d'un nouvel ornement.
Le laboureur joyeux ouvre, pour le froment,
Le sillon qui bientôt recouvrira la graine.
De nombreux flocons blancs voltigent dans la plaine,
Comme des fleurs d'automne au souffle du hasard.
L'hirondelle, déjà prête pour le départ,
Attend que les grands vents succèdent à la brise.
Le gazon se flétrit et la pomme s'irise.

Les parfums des fruits mûrs embaument les enclos.
Déjà plus d'un pressoir est sorti du repos ;
Déjà le cidre emplit les cuves préparées,
Et réjouit les yeux de ses ondes dorées.
Plus de chant, plus d'amour, des fruits au lieu de fleurs.
La verdure est mêlée à mille autres couleurs.

Assis sous le prunier ombrageant ma fenêtre,
Je suis bien moins joyeux que je ne veux paraître :
Mon départ est marqué par la fin des beaux jours.
Je dois quitter demain mes uniques amours :
Mon père, mes amis, mon hameau, ma chaumière.
Je viens de faire à tous ma visite dernière.
Ce soleil, qui descend derrière les grands bois,
Je le vois se coucher pour la dernière fois.
De mon premier succès telle est la conséquence.
Heureux qui vit et meurt aux lieux de son enfance!
Qui ne dira jamais : demain il faut partir,
Je n'ai plus, sous mon toit, qu'une nuit à dormir.

Amis, je reviendrai de loin en loin, sans doute ;
Mais qu'est-ce qu'une fleur sur une longue route ?
Pour l'homme, oh ! je le sens, c'est un moment cruel
Que celui de quitter le foyer paternel.
Et moi, je quitte encore une belle nature ;
J'abandonne mes champs, ma riante verdure,
Mon maître, mes amis, le calme du hameau ,
Une tombe chérie auprès de mon berceau.
Je n'irai plus dormir aux soupirs des fontaines,
Respirer l'air des bois, monté sur les grands chênes.
L'émotion me gagne et trouble mon regard :
On sait ce que l'on perd à l'heure du départ.

Quand je serai là-bas, juché sur la montagne,
A toi je veux penser, ô ma douce campagne.
Là, si de mon esprit l'étude est le bonheur,
Ton souvenir fera le charme de mon cœur.

L'ÉCOLE NORMALE

De l'homme le travail est la loi sur la terre ;
Il est de ses besoins la suite nécessaire.
De là sont nés les arts et les emplois divers.

Moi, je dois des enfants corriger les travers ;
Je dois leur enseigner d'utiles connaissances,
Vers le bien et le beau diriger leurs tendances,
En faire de bons fils et de bons citoyens.

Ici, depuis deux ans, j'amasse les moyens ;

Pour combattre l'erreur je prépare mes armes.

A mes jeunes amis j'épargnerai les larmes,

Je serai de l'enfance un digne précepteur,

Si mon zèle toujours égale cette ardeur,

Cette fièvre qui court aujourd'hui dans ma veine.

De l'amour du devoir je sens mon âme pleine.

Non, ce n'est pas en vain que l'on espère en moi :

J'accomplirai ma tâche ainsi que je le doi.

De mon séjour ici l'heure dernière sonne.

Chaque élève a reçu le titre qui couronne

De deux ans bien remplis le travail sans écart.

On célèbre en ce jour la fête du départ.

La distribution s'annonce solennelle.

De la ville on a pris la salle la plus belle.

Commerçants, avocats, conseillers généraux,

Pour fêter avec nous ont quitté leurs travaux.

Les magistrats, assis sur une grande estrade,

Sont groupés au milieu d'officiers d'un haut grade.

De l'un à l'autre vont mes regards attendris ;

Ils s'arrêtent enfin sur la table des prix :

Livres choisis, nombreux, reliure parée,

A la faveur de rose, à la tranche dorée.

Tout bas à mes désirs je donne un libre cours.

J'ai des distractions pendant les deux discours

Où Recteur et Préfet, d'une vive lumière,

Éclairent les écueils semés dans la carrière.

Quelques mots indiscrets, échappés par hasard,

M'apprennent que des prix j'aurai ma bonne part.

La révélation est douce à mon oreille.

Mon âme, en souriant, dans le vague sommeille ;

Elle se sent bercée par mille rêves d'or ;

Sur l'aile du bonheur elle prend son essor.

L'avenir m'apparaît sous des couleurs plus vives ;

Le fleuve de la vie ouvre pour moi ses rives.

Tout s'y calme, les flots et les vents en courroux :

J'y vois couler mes jours plus libres et plus doux.

Immobile, muet, tout à ma rêverie,

N'écoutant de mon cœur que la seule harmonie,

D'un orchestre brillant dédaignant les accords,

Je me sens dans ce jour payé de mes efforts.

J'ai travaillé beaucoup pour avoir le diplôme.

Je le tiens maintenant, ce n'est plus ce fantôme

Qui sans cesse fuyait quand approchait ma main.

J'ai conquis dignement mon premier parchemin.

J'ai conservé toujours ma place.... la première.

Et voilà les honneurs qui m'ouvrent la carrière :

Quand je n'y pensais pas, des couronnes, des prix,

Qui s'offrent en grand nombre à mes regards surpris.

Bientôt je sais combien ma victoire est complète.

Le prix d'honneur m'a fait le héros de la fête.

Que je le trouve beau quand, ployant sous son poids,

J'entends des magistrats les caressantes voix;

Quand mille spectateurs, aux figures riantes,

Couvrent de leurs bravos les fanfares brillantes!

O mon père! pourquoi n'es-tu donc pas venu,

Pour jouir d'un bonheur à ton cœur inconnu ?
Pourquoi mon maître aimé n'est-il point dans la foule ?
Il verrait sur ma joue une larme qui coule ;
Sur la sienne une larme apparaîtrait aussi.
Mon regard lui dirait : C'est ton œuvre, merci !

Merci, Dieu de bonté, dont la main paternelle
Du jeune matelot pavoise la nacelle !
Oh ! daigne, sur les flots, de ton bras sûr et fort,
Guider aussi l'esquif et le conduire au port !

L'ÉCOLE

Sur les rives du Thon, aux confins de la France,
A trois heures des lieux témoins de mon enfance,
On voit entremêlés, sur les flancs des coteaux,
Des herbages, des champs, des bosquets, des hameaux.
Sur la crête, on distingue une ferme isolée ;
Un village est assis au fond de la vallée
Où la belle rivière, au cours tranquille et lent,
Se déroule au soleil en un sillon d'argent.
Ce village est un nid entouré de verdure.
L'ardoise des maisons compose la toiture,

Qui scintille, de loin, aux feux ardents du jour.
L'église le domine avec sa vieille tour ;
Et ses chemins, montant vers chaque dépendance,
Vont comme les rayons d'une circonférence.

La population approche trois milliers.
L'industrie en honneur est celle des paniers.
C'est un centre où l'on voit arriver, le dimanche,
L'ouvrier d'alentour avec sa charge blanche.
Par le négociant, sont par ordre entassés,
Dans de grands magasins, les produits amassés :
Le rustique cabas, la corbeille élégante,
Au tissu de dentelle, à l'oreille pendante ;
La gourde du chasseur, le casier du couteau,
Le berceau pour l'enfant et le nid pour l'oiseau.

Ces aimables produits partout sont envoyés ;
En France, en Angleterre, ils sont appréciés,

Et vont, sur l'Océan, au Mexique, aux Antilles,
S'ouvrir aux riens charmants travaux des jeunes filles.

Dans ce riant village, aux sites ravissants,
Depuis deux ans déjà j'élève les enfants.
A ce devoir sacré mon âme est tout entière.
Dans leurs jeunes esprits je verse la lumière;
Je verse dans leurs cœurs les flots de mon amour.
Je n'ai point à souffrir de la chaleur du jour.
Sur un point éminent mon école est assise,
A l'ombre du clocher de la gothique église.
De ma classe on domine un sinueux vallon,
Qui blanchit au printemps sous les baisers du Thon.
Les brises du matin, alors, par mes croisées,
M'apportent les senteurs des collines boisées,
Et des pommiers fleuris qui rafraîchissent l'œil.
Aucune autre maison ne vient masquer mon seuil.
Je ne suis point distrait par les bruits de la rue.

Je n'en trouve pas moins ma tâche bien ardue.

Mes jeunes écoliers sont dociles pourtant,
Apprennent leurs leçons, mais leur nombre est trop grand
J'avais à mon début soixante enfants à peine ;
Par leur nombre doublé ma double classe est pleine.
Car il me faut déjà deux locaux, au lieu d'un,
Pour abaisser mes cours au niveau de chacun.

Des devoirs maintenant la marche est régulière :
Chaque élève a sa place en cette fourmilière.
Mon aide sait tenir les petits sous sa loi ;
A l'envi les plus grands travaillent avec moi.

Mais que de soins, mon Dieu, d'efforts, de patience,
Pour obtenir de tous l'entière confiance,
D'un maître ferme et bon le titre mérité !
Pour régner par l'amour et par l'autorité !
Pour obtenir travail, soumission passive,
Et silence complet de la classe attentive !

Pour leur faire sentir de l'émulation,
Du désir de savoir le puissant aiguillon !
Pour pétrir, en un mot, comme une cire molle,
Les éléments divers composant une école !

Il le faut cependant. C'est là qu'est le succès.
Seule l'autorité fait naître les progrès.

De mes deux premiers mois j'ai gardé souvenance :
Je croyais par le cœur commander à l'enfance ;
Mais je suis revenu vite de mon erreur ;
J'aurais laissé mes os à ce rude labeur.

Aujourd'hui je suis maître, et ma voix absolue
Réprime avec vigueur ce qui blesse ma vue.
Bon, je le suis toujours, mais je suis ferme aussi.
Et les autorités m'ont dit : « C'est bien, merci ;

« Vous avez, quoique jeune, acquis l'expérience. »

Quand on voit de son fils s'accroître la science ;
Quand on le voit rentrer plus doux et plus soumis,
Supporter mieux les torts de ses jeunes amis,
Avoir plus de respect pour une barbe grise,
Être plus recueilli le dimanche à l'église,
On conçoit, pour l'auteur d'un changement subit,
Estime, affection, et puis on le lui dit.
L'éloge des parents gagne bientôt le maire,
Et le bon vieux curé veut en parler en chaire.
Il exagère un peu le maître méritant,
Et pour lui le succès est toujours éclatant ;
Car pour l'instituteur jamais d'indifférence :
Fait-il bien, on le loue avec extravagance ;
De prudence ou d'ardeur manque-t-il quelquefois,
Aussitôt contre lui s'élèvent mille voix.

C'est qu'il tient dans sa main l'avenir du village ;

C'est que de chaque enfant on veut qu'il forme un sage,

Qu'il donne à son esprit un précieux savoir,

Imprime dans son cœur le culte du devoir.

Pour cette mission, grande, mais difficile,

Si les intéressés trouvent sa main habile,

S'ils proclament son zèle à l'abri du soupçon,

Tout le monde bientôt le chante à l'unisson.

Telle est autour de moi la douce mélodie

Qui jette sur mes jours un peu de poésie.

Sur ma route pourtant c'est encore un écueil :

La louange amollit, ou fait naître l'orgueil.

Ne nous laissons point prendre à l'amorce trompeuse,

Aujourd'hui souriante et demain dédaigneuse,

La faveur du public a des retours soudains.

Est bien sot qui se fie aux arrêts des humains.

Le village aussi bien ne voit que la surface.

Je connais mieux que lui les devoirs de ma place.
Ma demeure ressemble au reste d'un manoir.
De fatigue épuisé quand j'y rentre le soir,
Avant que le sommeil sur moi s'appesantisse,
Commence de la nuit l'œuvre réparatrice,
Je porte mon regard sur mes travaux du jour.
Chacun devant mes yeux vient passer à son tour.
Eh bien ! faut-il le dire, et suis-je trop sévère ?
Je trouve, chaque soir, que j'aurais pu mieux faire.
Tel élève n'a pas bien compris sa leçon ;
Je n'ai pas de progrès fait une ample moisson ;
De chaque manquement je me crois responsable :
J'ai puni quand j'étais peut-être le coupable.

Quand ne verrai-je plus rien qui blesse mes yeux ?
Mais il est tard, dormons, demain nous ferons mieux.

Car le maître qui veut d'estime rester digne,

Ne doit pas seulement suivre la droite ligne ;

Il doit, de ses succès sans jamais être fier,

Par ses soins d'aujourd'hui surpasser ceux d'hier.

Au pauvre comme au riche il doit sa vigilance ;

Le mérite doit seul fixer sa préférence.

Dans son œuvre, partout se faisant appuyer,

De la famille il doit approcher le foyer,

Du père provoquer le contrôle efficace.

Et, doublant sa puissance en doublant la surface

Où pourra se mouvoir sa bienfaisante main,

De l'enfant attardé raccourcir le chemin.

L'UNION

Mais qu'ai-je donc? Pourquoi suis-je las de l'étude?
De ma chambre, le soir, je hais la solitude;
Ma demeure n'est plus qu'un triste château-fort;
Je m'y sens entouré d'un silence de mort.

De ses murs nus et froids je détourne la vue.

Il fait nuit, et pourtant j'interroge la rue;

Aux ombres du chemin mon œil est attentif;

Et puis, découragé, je me rassieds pensif.

Mais ma tête s'égare. Oh ! quel est ce délire?

Pourquoi toujours ce ...om qui sur ma lèvre expire?

En vain je le repousse et toujours il revient.
Il me brûle, et pourtant c'est lui qui me soutient.

Je n'ai vu qu'une fois cette douce figure,
Qu'une fois entendu le son de sa voix pure,
Et j'ai senti soudain une blessure au cœur.
En ai-je mesuré toute la profondeur ?
Je ne sais ; mais je l'aime, et de toute mon âme.

Toi qui sondes les cœurs, toi qui connais ma flamme,
Sa pureté doit plaire à ton regard divin.
O, si je ne suis pas digne de ton dédain,
A mes faibles efforts donne, pour récompense,
Cet ange aux cheveux d'or, qui cause ma souffrance !
Il deviendra pour moi comme un ange gardien :
Avec elle je suis capable de tout bien ;
Guidé par son amour au chemin de la vie,
Comme le pèlerin, que la foi fortifie,

Au terme du voyage arrive sans broncher,
A mes devoirs ainsi tu me verras marcher.
J'implore ta bonté bien plus que ta justice,
O daigne à mes désirs rendre son cœur propice ;
Daigne toucher celui des auteurs de ses jours,
Et bénir de ta main mes premières amours.

Merci ! doux messager de la bonne nouvelle !
Pour toujours, m'as-tu dit, je puis vivre avec elle.
Mes vœux sont exaucés, tout le monde consent.
Il a parlé pour moi, le cœur du Tout-Puissant.
Je reçois de sa main cette faveur insigne ;
Jusqu'à mon dernier jour je m'en montrerai digne.

Quoi ! nous serons bientôt seul à seul en ces lieux !
Quoi ! je me mirerai dans l'azur de ses yeux !
Je verrai les attraits de sa beauté si pure
Illuminer ma vie et ma demeure obscure !

Quand il rentre le soir, d'amertume rempli,
Affaissé sous le poids du devoir accompli,
Si le maître n'a pas un foyer qui l'attire,
L'existence pour lui n'est plus qu'un long martyre.
Moi, j'aurai pour soutien son amour, sa candeur,
Et sa main douce et blanche à presser sur mon cœur.
Oh ! je l'entourerai de respect, de tendresse ;
Je ferai que chacun honore sa jeunesse ;
Contre les coups du sort je la protégerai,
Et, pour la rendre fière, un jour je grandirai.

ÉPILOGUE

J'ai grandi ! le travail, dans cette noble France,
Au plus humble permet d'avoir une espérance,
De poursuivre un dessein, de le réaliser,
Au fils de l'artisan de s'immortaliser.

Mon nom ne sera pas environné de gloire ;
On ne l'inscrira pas aux fastes de l'histoire.
J'ai grandi, toutefois ! — Après avoir sept ans
De mon sol adoptif élevé les enfants,

De l'antique Bias imitant le voyage,
Un jour, je suis parti de ce charmant village,
Après avoir revu mes champs et mes forêts,
Emportant fort peu d'or et beaucoup de regrets.

Ici, je suis venu, dans cette grande ville,
Pour qui veut travailler en ressources fertile.
Rappelé par la voix de mon vieux directeur,
Je suis venu former le jeune instituteur ;
Développer chez lui l'amour de la science ;
Le faire profiter de mon expérience.
Là, mon travail, mon zèle et mon amour du bien,
De chaque élève-maître ont été le soutien.
Plus d'un vit par mes yeux les écueils de la route ;
Plus d'un s'est affranchi des préjugés, du doute,
Qui, dans sa mission, en lui voilant le but,
L'eussent fait chavirer, peut-être, à son début.
De mes enseignements plus d'un maître s'honore ;
A la modeste école on s'en souvient encore.

C'est aussi pour mon cœur un bien doux souvenir.

Mais j'avais l'œil toujours fixé sur l'avenir.

A ces noms vénérés de Gresset, de Delambre,

En m'inspirant, le soir, dans mon étroite chambre,

Avec avidité déchiffrant le latin,

L'algèbre, chaque jour j'augmentais mon butin.

Pour traverser le bois, comme le ver qui ronge,

Dans l'ombre, lentement, de Virgile, de Monge,

De Sturm, de Duhamel, par un constant effort,

J'ai compris les travaux et j'ai fixé mon sort.

La Faculté m'a dit : « C'est bien, et la licence

« D'un labeur méritant sera la récompense.

« Allez, vous avez fait un calcul excellent,

« Et d'un bon professeur vous avez le talent. »

Et la grande nouvelle un soir m'est annoncée :

Je passe triomphant de l'École au Lycée.

Amis, voilà comment j'ai tracé mon sillon.
De chrysalide, un soir, je devins papillon.

A filer mon cocon j'avais mis dix années ;
Mais des devoirs nombreux réclamaient mes journées.
Dans mes rares loisirs, il fallait, constamment,
De ma place augmenter le maigre traitement,
Pour adoucir le nid de mes deux tourterelles,
Blondes comme l'amour, comme leur mère belles ;
Pour rendre à mon vieux père, aveugle et malheureux,
Les soins qu'à mon enfance il prodiguait joyeux ;
Pour faire prospérer la famille adoptive
Qu'une nuit, sur sa couche, inquiète, plaintive,
La mère de ma femme à mon cœur confiait.
Pour ses trois orphelins la mourante priait.
Par cet instinct si sûr, inhérent à la femme,
Au Dieu qui l'appelait prête à rendre son âme,
Elle avait distingué l'ami de l'orphelin.
Pour me dire merci sa main pressait ma main.

Je n'ai pas oublié ce langage suprême ;
J'ai fait pour ses enfants autant que pour moi-même.
Aussi de mes bienfaits ils sont reconnaissants.

Voilà, pour arriver, pourquoi j'ai mis dix ans.

Amis, en retraçant, dans cette simple histoire,
Les souvenirs restés dans ma vieille mémoire,
Tout en vous distrayant, à vos jeunes esprits
J'ai voulu du travail faire sentir le prix.
Élevez à ce dieu dans votre cœur un temple.
J'ai joint, vous le voyez, au précepte l'exemple,
Et l'exemple souvent vaut mieux que la leçon.

Sans le travail, on pleure au jour de la moisson !

FIN.

Août 1871.

TABLE

CHANT I

L'ENFANCE

CHANT II
LE TRAVAIL DES CHAMPS

CHANT III
L'ÉTUDE

www.ingramcontent.com/pod-product-compliance
Ingram Content Group UK Ltd.
Pitfield, Milton Keynes, MK11 3LW, UK
UKHW021208220726
13924UKWH00003B/1410